Edition Paashaas Verlag

AF280286

EPV

Die im Buch veröffentlichten Ratschläge wurden von der Verfasserin sorgfältig erarbeitet und geprüft. Eine Garantie kann dennoch nicht übernommen werden; ebenso ist eine Haftung der Verfasserin bzw. des Verlages und seiner Beauftragten für Personen-, Sach- und Vermögensschäden ausgeschlossen. Namen und Begebenheiten in den Geschichten sind frei erfunden. Ähnlichkeiten mit lebenden Personen und tatsächlichen Begebenheiten sind nicht beabsichtigt, sondern rein zufällig.

Krimiparty Kids
Band 1

Kunstraub in New York

Autorin: Cornelia H.-Müller
Cover-Motive:
Marc Tollas / pixelio.de
Jens Kühnemund / pixelio.de
Cover designed by Michael Frädrich
© Edition Paashaas Verlag, www.verlag-epv.de
ISBN: 978-3-945725-25-2
Printed: BoD, Norderstedt
Neuerscheinung Juli 2015
Altersempfehlung: ab 12 Jahre

Die Deutsche Nationalbibliothek verzeichnet diese Publikationen in der Deutschen Nationalbibliografie; detaillierte bibliografische Daten sind im Internet über http://dnb.d-nb.de abrufbar.

Inhaltsverzeichnis

Einleitung

Mithilfe dieses Buches könnt ihr mit der Familie, Klassenkameraden oder Freunden auf Tätersuche gehen. Ihr taucht in einen spannenden Kriminalfall ein, ermittelt, befragt und bewertet Tatsachen und Aussagen.

Dabei werden keine schauspielerischen Fähigkeiten von euch verlangt. Ihr sitzt mit den Mitspielern gemütlich zusammen und versucht gemeinsam, dem Täter auf die Spur zu kommen.

Zu diesem Krimi gibt es eine Vorlesegeschichte, Rollenbeschreibungen für alle Mitspieler und eine Auflösung.

Der Krimi ist so angelegt, dass in einem Bereich ermittelt wird. Ob ihr also zu Hause, im Klassenzimmer oder im Freien die Ermittlungen aufnehmt, spielt keine Rolle.

Das Buch ist mit dem Internet gekoppelt. Das benötigte Zubehör könnt ihr ganz einfach herunterladen und ausdrucken. Hinweise dazu findet ihr unter dem Kapitel: Was im Vorfeld zu tun ist.

Dauer des Spiels:
ca. 1,5 bis 2 Stunden

Wie viele Personen können mitspielen?

Diese Geschichte ist für 6-7 Personen geeignet. Dies bedeutet, 6 Personen haben eine feste Rolle und eine weitere Person kann als Beobachter mitspielen.
Ihr müsst die Rollen nicht geschlechtsspezifisch besetzen, ein Mädchen oder eine Dame kann ebenso gut eine männliche Rolle übernehmen, wie umgekehrt.

Wenn ihr mit eurer Schulklasse oder zu Hause eine größere Krimiparty organisieren wollt, ist auch das möglich.
Setzt euch jeweils in Gruppen mit 6-7 Personen an einen Tisch und druckt alle Rollentexte und Namensschilder in entsprechender Menge aus.

Ein vorher bestimmter Spielleiter liest die Vorlesegeschichte zentral und laut für euch alle vor. Ihr könnt natürlich auch abwechselnd vorlesen, ganz so, wie es für euch am besten ist. Jeder Tisch ermittelt danach für sich. Es ist sicher spannend zu erfahren, welche Tische auf die richtige Lösung gekommen sind.

Was im Vorfeld zu tun ist:

Ladet Freunde ein oder verabredet euch zu eurer KRIMIPARTY.
Einen Vordruck für eine Einladung haben wir für euch erstellt.

Geht auf die Internetseite http://www.verlag-epv.de
Wählt den Bereich: Downloads, Krimiparty Kids
Benutzername: krimipartykids
Passwort: hmueller15

Wählt „Kunstraub in New York" aus.
Druckt die Einladung aus.
Druckt die Kurzbeschreibung aus.
Druckt die Rollentexte aus.
Bei mehreren Gruppen druckt für jeden Tisch einen
kompletten Satz aus.
Druckt die Namensschilder aus und schneidet sie zurecht.
Legt für jeden Mitspieler Papier und Bleistift für Notizen
zurecht.

Erklärungen zur Durchführung:

Die Kurzbeschreibung informiert euch, welche Charaktere in
diesem Krimi eine Rolle spielen.
Überlegt, wer welche Rolle übernehmen soll und heftet euch
ein Namensschild mit dem neuen Namen an die Kleidung. Mit
einem Klebestreifen geht dies ganz einfach.

Die Vorlesegeschichte wird nun vom Spielleiter laut vorgelesen.
Erst danach erhält jeder Mitspieler seinen persönlichen
Rollentext. Dieser Rollentext besteht aus 2 Seiten; dem
Vorstellungstext und dem Geheimtext.
Jeder liest beide Seiten seines Textes nun kurz still durch.
Der Täter erfährt nun auch, dass er die Tat begangen hat. Er soll
keinesfalls vor dem Ende des Spiels ein Geständnis abgeben.
Wenn ihr mit der Ermittlungsrunde beginnen wollt, lesen die

Vorstellungstexte reihum laut am Tisch vor. Die Reihenfolge steht auf den Rollentexten.

Der Geheimtext enthält weitere, wichtige Hinweise. Dieser Text wird nicht vorgelesen; er dient eurer Ermittlungsarbeit.

Stellt euch nun Fragen und versucht herauszufinden, was geschehen ist. Nutzt dazu auch das Wissen aus dem Geheimtext. Ihr solltet ehrlich auf die Fragen antworten, lügen darf nur der Täter.

Macht euch Notizen; diese können ganz hilfreich sein, denn ihr bekommt viele Informationen.

Die Ermittlungsrunde dauert ca. 20 bis 30 Minuten. Ihr werdet selbst merken, wann sich die Fragen wiederholen und ihr zum Ende kommen könnt.

Zum Schluss schreibt jeder auf einen kleinen Zettel, wen er für den Täter hält. Diese Zettel werden vom Spielleiter eingesammelt und ausgewertet.

Der Spielleiter liest die Auflösung vor.

Hattet ihr Spaß? Ich freue mich, wenn ihr mir schreibt, wie euch dieser Krimi gefallen hat.

Hier meine E-Mailadresse: glashauskrimi@glashauskrimi.de

Häufig gestellte Fragen zur Durchführung

Warum sollen die Rollen erst nach dem Vorlesen der Geschichte verteilt werden?

Die Mitspieler sollen beim Vorlesen der Geschichte gut zuhören und durch nichts abgelenkt werden.

Dürfen die Mitspieler flunkern?

Der einzige, der Grund zum Flunkern hat, ist der Täter. Alle anderen sollen Sachverhalte, auf die sie angesprochen werden und die der Wahrheit entsprechen, auch einräumen und ehrlich antworten.

Ich habe nicht die passende Anzahl Mädchen und Jungs, was nun?

Das macht nichts. Die Mädchen können auch eine Jungen- oder Herrenrolle übernehmen. Umgekehrt gilt dies natürlich auch.

Ich habe mehr Gäste als Rollen. Was nun?

Ihr könnt mehrere Tische bilden. Falls es aber nur ein oder zwei Personen mehr sind, könnt ihr die Rolle des unabhängigen Beobachters dazu nehmen.

Müssen alle Gäste ungefähr gleich alt sein?

Nein. Ein Mitspielkrimi macht in jedem Alter Spaß. Eine gute Gelegenheit also, das nächste Familienfest einmal als Krimiparty zu gestalten.

Die meisten Rollen sind „Erwachsenen-Rollen". Dabei ist das Buch doch für Kinder gemacht. Warum ist das so?

Kindern macht es großen Spaß, in eine Erwachsenenrolle zu schlüpfen. Außerdem werden „Verbrechen" in aller Regel ja auch von Erwachsenen begangen.

Habt ihr noch weitere Fragen?
Dann schreibt mir eine E-Mail an.
glashauskrimi@glashauskrimi.de

Ich versuche jede Frage zeitnah zu beantworten.

Erklärung zu einigen Begriffen aus diesem Buch:
Ideeller/Materieller Wert – Unterschied
Was ist eine Kunst-Agentin?

In unserem Stück ist die Rede von einem „ideellen Wert".
Gegenstände können einen materiellen und einen ideellen Wert
haben. Ein Bild kostet zum Beispiel 100.000 Dollar. Dies ist der
materielle Wert.
Wenn das Bild aber ein persönliches Geschenk war oder man
aus anderen Gründen sehr daran hängt und eine emotionale
Bindung dazu hat, spielt der materielle Wert vermutlich nur
eine untergeordnete Rolle. Man spricht dann von einen
„ideellen Wert", den dieser Gegenstand für eine oder mehrere
Personen hat.

Was ist eine Kunst-Agentin?
Eine Agentin, wie in unserem Buch hier die Susanne
Wellenbrecher, setzt sich für die Interessen des Künstlers ein.
Sie sorgt dafür, dass die Bilder ausgestellt werden und handelt
Verträge aus.

Die Kurzbeschreibung

Kunstraub in New York

Es spielen mit:

Mrs. Jane Murphy - Galeristin aus New York
Miss Heather Willis - Assistentin von Jane
Sebastian Kleinfeld - Versicherungsagent
Harm Airbrush - Künstler
Thomas Fischer - Besitzer einer Sicherheitsfirma
Susanne Wellenbrecher - Agentin von Harm

Gastrolle:
unabhängiger Beobachter

Und darum geht es in diesem Fall:

Der Künstler Harm Airbrush wittert die Chance seines Lebens, als eine New Yorker Galeristin völlig überraschend einen Besuch in seinem Hamburger Atelier angekündigt. Sie ist allerdings nur an einem einzigen Bild interessiert und dieses verschwindet wenig später auf rätselhafte Weise. Die Ermittlungen führen unsere Mitspieler bis nach New York.

Die Grundgeschichte zum Vorlesen:

Liebe Mitspieler, wenn ihr gleich zum ersten Mal euren neuen Namen hört, hebt einmal kurz den Arm, damit sich einprägt, wer welchen Charakter vertritt.

<u>Und hier kommt die Kriminalgeschichte:</u>

Montag
Der Hamburger Künstler Harm Airbrush lief nervös in seinem Atelier hin und her. Völlig unerwartet hatte gestern eine Miss Heather Willis bei ihm angerufen. Sie stellte sich als Assistentin von Jane Murphy, einer bekannten New Yorker Galeristin vor und kündigte einen Besuch in seinem Atelier, hier in der Hansestadt, an. Harm war überrascht und natürlich auch geschmeichelt. Auf so eine Chance wartete er seit Jahren. In Hamburg und Umgebung hatten seine Werke mittlerweile einen hohen Bekanntheitsgrad und er lebte wirklich nicht schlecht von seinen Bildern. Der Besuch einer New Yorker Galeristin aber könnte ihm völlig neue Möglichkeiten eröffnen. Heather Willis hatte den Besuch für Dienstag, 14:00 Uhr angekündigt. Gleich nach dem Anruf von Miss Willis versuchte Harm, seine Agentin Susanne Wellenbrecher zu erreichen, aber leider hatte Susanne ihr Handy abgestellt. Harm sprach ihr daher auf die Mailbox und bat sie, sich möglichst umgehend bei ihm zu melden. Dann sichtete er seine Bilder. Was würde die New Yorker interessieren? Hatte er überhaupt eine entsprechende Anzahl von Bildern da? Seit einigen Wochen hingen viele seiner Werke als Leihgabe in Hamburger Banken und anderen öffentlichen Gebäuden. Susanne hatte dies organisiert, um Harms Bekanntheitsgrad zu steigern. Ausgerechnet jetzt waren also mindestens 15 seiner besten und großformatigen Bilder über die Stadt verteilt und nicht in seinem Atelier. Konnte er mit Mrs. Murphy quer durch Hamburg fahren, um ihr seine Werke zu zeigen? Oder war es möglich, die ausgeliehenen Bilder bis morgen, 14:00 Uhr,

wieder hier ins Atelier zu schaffen? Diese Idee verneinte Harm nach kurzem Gedankenspiel selbst. Die Zeit war zu kurz, um das zu organisieren, zumal er gar nicht genau wusste, wo genau seine Agentin die Bilder im Einzelnen untergebracht hatte. Wenn Susanne sich nur telefonisch melden würde! Sie wusste immer, was zu tun war.

Dienstag

Susanne hatte am Morgen endlich angerufen und Harm mitgeteilt, dass sie in Österreich im Kurzurlaub sei. Sie konnte also unmöglich heute Nachmittag um 14:00 Uhr an dem Treffen teilnehmen. Sie riet Harm, ganz locker und entspannt zu bleiben, Mrs. Murphy die noch im Atelier vorhandenen Bilder zu zeigen und dann abzuwarten, ob sie weitere Werke von ihm sehen wollte. Für diesen Fall gab sie Harm 5 Adressen durch, bei denen die Leih- Bilder von ihm ausgestellt waren.

Um 14:00 Uhr stand Harm fertig im Atelier. Er hatte noch rasch etwas aufgeräumt, die Kaffeemaschine gefüllt und ein frisches Hand angezogen. Dann stand er am Fenster und beobachtete die Straße. Gegen 14:10 Uhr fuhr endlich eine große schwarze Limousine vor und kurz darauf stiegen 2 Damen aus. Harm sah gleich, wer die Chefin und wer die Assistentin war. Jane Murphy, die Galeristin, trug ein schwarzes Kostüm, einen großen schwarzen Hut und eine dunkle Sonnenbrille. Auf hochhackigen Pumps ging sie sicheren Schrittes auf das Haus zu. Die andere Dame war sicher die Assistentin, Miss Willis. Sie trug einen blauen Hosenanzug, hatte die Haare locker zu einem Zopf gebunden und einen Block unter den linken Arm geklemmt. In kleinen Schritten eilte sie hinter ihrer Chefin her.

Es klingelte.

Harm betätigte den Türöffner und kurz darauf betraten die 2 New Yorkerinnen sein Atelier. „Welcome", sagte Harm und fügte nervös: „nice to meet you", an.

Er hoffte inständig, dass sein Schulenglisch ausreichen würde, um hier heute über die Runden zu kommen.

„Guten Tag!" Mrs. Murphy lächelte freundlich.

„Ich spreche Deutsch, denn ich habe lange hier in Deutschland gelebt!"

„Oh, das ist aber prima!", antwortete Harm erleichtert und fühlte sich gleich viel wohler.

„Das ist meine Assistentin, Miss Willis", erklärte Mrs. Murphy und betrat Harms Räume.

„Hallo, wir haben telefoniert", sagte Miss Willis und schüttelte Harm die Hand.

Die beiden Damen sahen sich interessiert im Atelier um.

„Leider habe ich zurzeit nur eine sehr begrenzte Auswahl an Bildern hier", erklärte Harm etwas verlegen. „Die anderen Gemälde sind in Ausstellungen unterwegs. Wir könnten bei Bedarf aber hinfahren und uns die Werke vor Ort ansehen!"

„Machen Sie sich keine Mühe", winkte Mrs. Murphy ab.

„Wir sind nur an einem einzigen Bild interessiert!"

Harm zog erstaunt eine Augenbraue hoch.

„An einem Bild? Wie darf ich das verstehen?"

„Nun, wenn meine Informationen richtig sind, befindet sich in ihrem Besitz das Bild „Der Ursprung" von dem Künstler Peter Mücklmeier!"

Harm musste sich auf einen Hocker setzen. Damit hatte er wirklich nicht gerechnet.

„Es stimmt doch, dass Sie der Besitzer des Bildes sind?", hakte Miss Willis nach und sah den Künstler fragend an.

Harm nickte.

„Ja, das erwähnte Bild gehört mir. Aber wie kommen Sie darauf?"

„Peter Mücklmeier ist zurzeit in New York sehr gefragt", erklärte Mrs. Murphy. „Meine Galerie in New York möchte daher eine „Peter Mücklmeier -Ausstellung" organisieren und aus diesem Grund sind wir in Europa auf der Suche nach seinen Werken. Das Bild „Der Ursprung", so haben wir recherchiert, gehört Ihnen. Können wir es sehen? Ist es hier?"

Harm schwieg einen Augenblick. Er hatte Mühe, seine Enttäuschung zu verbergen.

„Wenn wir uns über eine Leihgabe einig werden, kann ich sicher versuchen, auch eine Ausstellung für Ihre eigenen Bilder in New York zu organisieren. Ich habe gute Kontakte", sagte Mrs. Murphy, der die Enttäuschung von Harm nicht entgangen war.

Harm überlegte kurz, dann stand er auf und ging hinüber in sein Schlafzimmer. Dort hing das Bild „Der Ursprung" seit vielen Jahren über seinem Bett.
Er nahm das Gemälde von der Wand und reichte es kurz darauf der Galeristin, die sogleich damit ans Fenster trat und es sehr genau betrachtete.

„Sehr schön", sagte sie schließlich und reichte das Kunstwerk an ihre ebenfalls sehr interessierte Assistentin weiter.
Mrs. Murphy öffnete ihre Handtasche, zog ein paar Blätter heraus und gab sie Harm.
„Hier ist ein Vertrag über die Leihgabe. Sie versichern die Echtheit des Bildes und wir organisieren den Transport über eine Sicherheitsfirma. Wenn Sie uns diesen Mücklmeier für 6 Monate nach New York ausleihen, werde ich sehen, was ich für Ihre eigenen Bilder tun kann. Sind wir im Geschäft?"
Fragend sah sie Harm an.

„Ich rufe Sie morgen an", antwortete dieser nachdenklich. Der Besuch war komplett anders verlaufen, als er es sich vorgestellt hatte. Er wollte zunächst in Ruhe über dieses Angebot nachdenken. „Wo kann ich Sie erreichen?"

„Melden Sie sich über Handy bei meiner Assistentin, aber bitte entscheiden Sie sich schnell", sagte Jane Murphy. „Wir sind nur wenige Tage in Europa." Mit diesen Worten verabschiedeten sich die beiden Geschäftsfrauen und verließen das Atelier.

Mittwoch

Harm hatte die ganze Nacht sehr schlecht geschlafen, war aber zu einem Entschluss gekommen. Er würde das Bild ausleihen, wenn eine Ausstellung für seine Bilder in New York dabei heraussprang. Allerdings wunderte er sich schon sehr, woher Mrs. Murphy überhaupt wusste, dass der Mücklmeier in seinem Besitz war.

Er hatte den Vertrag von Mrs. Murphy durchgelesen und soweit für gut befunden. Natürlich wäre es eigentlich Susannes Arbeit gewesen, den Vertrag zu prüfen. Leider war diese aber immer noch in Österreich.

„Was soll's?", dachte Harm. Er unterzeichnete den Vertrag und rief dann Miss Willis auf der angegebenen Handy-Nummer an.

Donnerstag

Ein Herr Sebastian Kleinfeld rief Harm im Atelier an. Er stellte sich als Versicherungsagent vor und bat um einen Gesprächstermin. Jane Murphy, so erklärte Herr Kleinfeld, hatte ihn beauftragt, das wertvolle Bild für den Transport und die Zeit in der New Yorker Galerie zu versichern. Die beiden Männer verabredeten sich für den Nachmittag und Herr Kleinfeld erschien pünktlich um 16:00 Uhr.

„Darf ich fragen, wo Sie das Bild aufbewahren?", fragte er, nachdem er sich im Atelier umgesehen und Harms eigene Bilder ausreichend bewundert hatte.

„Es hängt hier", erklärte dieser und nahm Herrn Kleinfeld mit in sein Schlafzimmer!

Der Versicherungsagent trat vor das Gemälde und nickte

bedächtig.

„Tatsächlich, ein Mücklmeier!", sagte er bewundernd. „Wie ist es denn gesichert?"

„Gesichert?" Harm zog eine Augenbraue hoch.

„Wieso gesichert? Es hängt hier an einem Nagel und damit basta!"

Herr Kleinfeld schüttelte ungläubig den Kopf.

„Das kann nicht Ihr Ernst sein. Wissen Sie eigentlich, was das Bild wert ist? In den USA zahlt man gut und gerne an die 150.000 Dollar für einen Original-Mücklmeier."

Für ein paar Sekunden schien Harm verwirrt, dann antwortete er leicht unwirsch:

„Das ist mir egal. Es hängt hier und bis vor ein paar Tagen wusste niemand davon. Warum also sollte ich es besonders sichern?"

Herr Kleinfeld rollte erstaunt mit den Augen.

„Haben Sie das Bild denn auch gar nicht *ver*sichert? Ich könnte Ihnen in diesem Fall ein garantiert interessantes Angebot machen."

Harm schüttelte den Kopf.

„Nein danke. Ich brauche keine Versicherung!"

„Aber was ist, wenn es gestohlen wird?"

„Warum sollte es jemand stehlen? Außerdem: Für mich hat es weniger einen materiellen als ideellen Wert. Mit Geld ist es für mich nicht zu ersetzen, da kann ich mir die teure Prämie auch sparen!"

Herr Kleinfeld, dies war ihm deutlich anzumerken, konnte das kaum nachvollziehen.

Er fotografierte das Gemälde für seine Unterlagen, dann drängte der Künstler ihn aus seinem Schlafzimmer.

Bevor der Versicherungsagent die Wohnung verließ, besprachen die beiden noch kurz die Einzelheiten des Transportes; das Gemälde sollte bereits in 6 Tagen die Reise nach New York antreten.

Eine Woche später

Es klingelte um 7:00 Uhr in der Frühe. Harm hatte die ganze Nacht gearbeitet und sah furchtbar müde aus. Als er die Haustüre öffnete, stand seine Agentin Susanne mit einer Brötchentüte winkend vor ihm.

„Guten Morgen", rief sie fröhlich. „Komm ich zu spät? Ist es noch da?"

Sie tänzelte an Harm vorbei und ging ins Schlafzimmer.

Dort hing der Mücklmeier wie immer über dem Bett.

„So ein hübsches Bild. Wer hätte gedacht, dass es einmal in den Staaten ausgestellt wird. Einfach toll", stellte Susanne lachend fest.

Harm zog seine Assistentin am Ärmel ihres Pullovers in die Küche und stellte die Kaffeemaschine an.

„Du siehst ja total kaputt aus, warst du überhaupt im Bett?", fragte Susanne jetzt und sah den Künstler leicht besorgt an.

Harm schüttelte den Kopf. „Nein, ich habe die ganze Nacht gemalt", antwortete er und gähnte herzhaft.

Susanne hingegen war putzmunter!

„Mensch, Harm, ich hatte so schöne Tage in Österreich. Soll ich dir mal ein paar Fotos zeigen?"

Ihr Gegenüber nuschelte etwas Unverständliches; er war einfach noch nicht in der Lage, so früh am Morgen ein Gespräch über Urlaub in Österreich zu führen.

„Ach", sagte Susanne nun und sah sich um. „Das ist ja doof. Ich habe meine Tasche im Wagen liegen lassen. Aber die Fotos laufen uns ja nicht weg. Jetzt mal zu dir und dieser Galeristin. Das ist ja total spannend, dass die den Mücklmeier ausleihe will. Aber komisch, dass sie überhaupt von der Existenz des Bildes wusste, oder?"

„Das ist mir auch immer noch ein Rätsel", sagte Harm. „Ich habe vergessen, sie danach zu fragen. Aber jetzt geh ich erst mal kurz Zähneputzen, fühle dich wie zu Hause!"

Er nahm sich einen Becher Kaffee und ging damit ins angrenzende Bad. Als er nach wenigen Minuten wieder ins

Atelier zurückkam, hatte Susanne das Bild bereits aus dem Schlafzimmer geholt und in der Box verpackt, die die Transportfirma am Vortag durch einen Kurier hatte schicken lassen.

„Hey, was machst du da?", fragte Harm unwirsch.

„Ich mach mich nützlich", erklärte Susanne und vernagelte den Holzdeckel mit kleinen Nägeln. „Ich habe die Box in der Diele stehen sehen und dachte, ich nehme dir ein bisschen Arbeit ab!"

Harm stand einen Augenblick unentschlossen da, so als wüsste er nicht, was er als nächstes tun soll.

„Was ist los?", fragte Susanne, „wolltest du noch mal einen Blick auf das Kunstwerk werfen oder warum guckst du so seltsam?"

„Schon gut", winkte Harm ab. „Ich bin einfach noch sehr müde, das wird es sein!"

„Wenn Mrs. Murphy Wort hält und du eine eigene Ausstellung in den USA bekommst, bist du bald ein gemachter Mann. Die New Yorker werden deine Bilder lieben, da bin ich sicher!", plauderte Susanne und setzte ihr Werk an der Versandkiste munter fort.

Um 10:00 Uhr klingelte die Sicherheitsfirma, die mit dem Transport des Bildes nach New York beauftragt worden war.

„Thomas Fischer", stellte sich der Mann vor, der das Bild in Empfang nehmen sollte und trat ein.

„Oh, Sie haben das Paket schon verschlossen? Das geht nicht; ich muss sehen, ob das Bild wirklich darin ist!", stellte er leicht verärgert fest, als Susanne ihm die Transportbox übergab.

„Das wusste ich nicht", sagte sie entschuldigend und sah Harm ratlos an.

„Was machen wir jetzt?"

„Wir werden den Karton noch einmal öffnen müssen!", erklärte Herr Fischer, kniete sich neben die Kiste und zog mit einem aus der Hosentasche gezauberten Werkzeug die kleinen Nägel heraus. Dann hob er den Deckel ab und entfernte das

Füllmaterial, welches das Bild auf dem Transport schützen sollte.

„Ein schönes Gemälde", stellte er mit Kennerblick fest. Er hielt ein Maßband an die Bildränder und maß.

„60x80 cm. Öl auf Leinwand in Holzrahmen", nuschelte er. „Genau wie angekündigt!"

Dann holte er ein Foto aus der Tasche und hielt es neben das Bild.

„Das Foto hat mir die Versicherung zur Verfügung gestellt", erklärte er, als er Harms verwunderten Blick bemerkte.

Herr Fischer verglich das Foto mit dem Gemälde und nickte zustimmend.

Danach verpackte er das Bild wieder sorgfältig, verschloss die Kiste und klebte auf jede Seite ein großes Siegel.

„Das hätten wir", erklärte er dann. Er unterzeichnete die Empfangsbestätigung und verließ nach einem kurzen Gruß mit der Transportkiste das Atelier.

Zwei Wochen später

Harm wurde durch das Läuten an seiner Haustüre geweckt. Der Postbote stand vor der Türe. „Ein Einschreiben aus Amerika, ich brauche hier Ihre Unterschrift!"

Harm unterzeichnete und nahm den Brief mit ins Bett. Dort kuschelte er sich wieder in die Kissen, nahm den Brief und öffnete ihn.

Heraus fielen zwei Flugtickets und ein Schreiben.

Sehr geehrter Herr Airbrush,

wir laden Sie und Ihre Agentin, Frau Susanne Wellenbrecher, zu unserer Eröffnung der „Peter Mücklmeier-Ausstellung" nach New York ein. Flug und Hotel sind bereits gebucht. Ich möchte Ihnen bei dieser Gelegenheit auch einen Galeristen vorstellen, der sehr an Ihren Bildern interessiert ist. Wir freuen uns auf Sie.
Herzliche Grüße
Jane Murphy

1 Monat später

Harm und Susanne landeten pünktlich auf dem New Yorker John-F-Kennedy Flughafen.

Während des Fluges hatte Harm den Versicherungsagenten Sebastian Kleinfeld im Flugzeug bemerkt. Da dieser aber die gesamte Reisezeit feste schlief, sprach er ihn nicht an.

Nach den Einreiseformalitäten fuhren Susanne und Harm mit dem Taxi ins Hotel; es blieb gerade noch etwas Zeit, um die Zimmer zu beziehen und sich nach dem langen Flug etwas frisch zu machen.

Pünktlich um 19:00 Uhr standen Harm und Susanne vor der Galerie.
Über dem Eingang hing ein großes Schild mit der Aufschrift
„Peter Mücklmeier in New York"
Viele Menschen drängelten sich am Eingang und Harm und Susanne reihten sich höflich in die Schlange der Wartenden ein.

Miss Willis entdeckte die beiden und begrüßte sie sehr herzlich.

„Kommen Sie mit mir", sagte sie und zog Harm und Susanne zu einem Nebeneingang. Sie öffnete diesen mit einem Schlüssel und kurz darauf standen sie inmitten der Galerie.

„Ich zeige Ihnen schon einmal, wo wir Ihr Bild platziert haben. Sobald Mrs. Murphy die Eröffnungsrede beendet hat, beginnt der Sturm auf die Bilder. Dann können Sie sich nicht mehr in Ruhe umsehen!"

Harm und Susanne folgten Miss Willis aufgeregt durch die vielen Räume. Dann endlich standen sie vor dem Bild. Darunter war ein kleines Metallschild angebracht. Darauf stand übersetzt: „Der Ursprung" von Peter Mücklmeier. Leihgabe von Harm Airbrush / Germany!

„Und, sind Sie zufrieden?", fragte Miss Willis und strahlte.
Harm und Susanne traten nahe an das Bild heran und betrachteten es eine ganze Weile.

Dann plötzlich drehte Susanne sich zu Miss Willis um und sagte mit ernstem Blick:
„Das ist nicht der Mücklmeier aus Harms Wohnung. Das hier ist hundertprozentig eine Fälschung!"

Ende der Grundgeschichte

Liebe Mitspieler, der Skandal ist groß.
Wer hat das Bild vertauscht und vor allem wann und warum?
Dies herauszufinden, wird jetzt eure Aufgabe sein.

Ihr erhaltet nun eure persönlichen Rollentexte. Diese Texte bestehen aus zwei Teilen, dem Vorstellungstext und den geheimen Hinweisen. Lest zunächst still beide Texte durch. Wenn ihr soweit seid, beginnt mit der Vorstellungsrunde. Jeder Mitspieler liest seinen Vorstellungstext am Tisch laut vor. Die Reihenfolge entnehmt ihr bitte den Texten.

Der Geheimtext gibt euch weitere, für die Ermittlungen wichtige Hinweise.

Einer von euch wird nun durch seinen Geheimtext feststellen, dass er der Täter ist. Versuche alles, um von dir abzulenken und gebe kein Geständnis ab.

Der Fall wird später gemeinsam aufgelöst. Ermitteln und Fragen stellen dürfen alle Mitspieler gleichermaßen.

Nr. 1 Harm Airbrush, Künstler
Vorstellungstext

Susanne hat recht! Man sieht es erst auf den zweiten Blick und ich weiß wirklich nicht, ob es mir so auf die Schnelle überhaupt aufgefallen wäre. Aber das Bild hier in der Galerie ist tatsächlich eine Fälschung. Ich kenne das Gemälde schon seit Kindertagen, denn der Künstler Peter Mücklmeier war mein Vater. Mein richtiger Name ist Josef Mücklmeier; Harm Airbrush ist nur mein Künstlername. Es war mir bis zu dem Besuch von Mrs. Murphy nicht bewusst, dass die Bilder meines Vaters in Amerika so bekannt und gefragt sind.

Das Bild „Der Ursprung" ist das einzige, welches ich von Vater habe. Den gesamten Rest seines Schaffens hat er seiner zweiten Frau, einer Amerikanerin, vererbt. Ich habe diese Frau nie kennengelernt. Er verließ uns, also meine Mutter und mich, als ich 9 Jahre alt war und ging später in die USA. Vorher schenkte er mir das Bild. Es hängt über meinem Bett, seit ich vor Jahren das Atelier bezogen habe. Ich muss annehmen, dass das Bild entweder hier in der Galerie in New York oder auf dem Transport vertauscht worden ist. In meiner Wohnung, dies kann Herr Fischer von der Transportfirma bestätigen, wurde ja das Original verpackt.

Sie werden verstehen, dass ich sehr an dem Bild hänge; es ist von großem ideellem Wert für mich.

Ende Vorstellungstext

Geheimtext Harm

Es war dir bis vor kurzem gar nicht bewusst, dass das Bild einen so hohen materiellen Wert hat. Nachdem Herr Kleinfeld von der Versicherung in deiner Wohnung war und dir erklärt hat, dass man in den USA gut und gerne 150.000 $ für einen Mücklmeier bietet, warst du völlig erstaunt und plötzlich auch um die Sicherheit des Bildes besorgt. Zu viele Leute waren inzwischen in deinem Schlafzimmer gewesen und hatten das Gemälde dort gesehen. Du hast daher eine Kopie des Bildes angefertigt und über dein Bett gehangen, denn du wolltest nicht riskieren, dass das Original vielleicht doch eines Tages gestohlen wird.

Wie vertraglich vereinbart, wolltest du aber natürlich das Original nach Amerika ausleihen; es stand bereits in Papier eingeschlagen in deiner Diele. Dann hat Susanne die Kopie von der Wand eingepackt, als du im Bad warst. Sie hat die Fälschung, obwohl sie viel von Kunst versteht, auf die Schnelle nicht bemerkt. Erst in diesem Moment kam dir der Gedanke, einfach die Kopie nach New York zu schicken. Du hast nicht damit gerechnet, dass es überhaupt auffällt, dass das Bild eine Fälschung ist, denn sie ist dir ausgezeichnet gelungen. Leider hat Susanne es eben aber entdeckt und auch direkt ausgesprochen, als Miss Willis neben euch stand. Wenn ihr beide alleine gewesen wäret, hättest Du Susanne einweihen können und alles wäre gut gegangen. Niemand hätte die Fälschung bemerkt und da du das Bild auch nicht verkaufen willst, wäre auch niemandem Schaden entstanden. So kam es nun anders. Natürlich hättest du eben sofort alles zugeben müssen, aber du hattest Angst, dass Jane Murphy sauer auf dich sein würde. Schließlich hat sie dir einen Kontaktmann für eine eigene Ausstellung in Amerika angekündigt. Diese Verabredung wolltest du nicht riskieren, daher hast du eben geschwiegen.

Das Originalbild liegt in Hamburg in einem Tresor. Du hängst sehr an dem Bild, da es ein Geschenk deines Vaters war. Mrs.

Murphy hat dir 100.000 Dollar für das Gemälde geboten, aber du würdest es, wie eben schon erwähnt, niemals verkaufen. Nun musst du abwarten, ob man dir auf die Schliche kommt.

Bitte lege kein Geständnis ab. Aufgelöst wird erst, nachdem alle Mitspieler einen Täter-Tipp abgegeben haben.

Damit der Verdacht nicht auf dich fällt, musst du ebenfalls mitermitteln und Fragen stellen.

Hier Fragen zum Einstieg, die du den anderen stellen kannst:
- Woher wusste Mrs. Murphy, dass du den Mücklmeier in Besitz hast? Kannte sie deinen Vater?
Sie hat auch das Flugticket nach Amerika auf deinen richtigen Namen, Josef Mücklmeier, ausstellen lassen. Sie wusste also, dass du der Sohn des Künstlers bist.
Woher wusste sie dies? Frage sie danach.

- Hat Mrs. Willis den Schlüssel für die Galerie immer oder nur am Abend der Ausstellung? Und kann sie auch jederzeit den Tresorraum betreten?

Bestimmt fallen dir noch weitere Fragen ein.

Zum Schluss schreiben alle Mitspieler auf, wen sie für den Täter halten. Erst nach dem Vorlesen dieser Zettel gibt sich der Täter zu erkennen!

Nr. 2 Mrs. Jane Murphy, Galeristin
Vorstellungstext

Ich bin Jane Murphy und seit vielen Jahren als Galeristin in New York tätig. Früher habe ich für einige Jahre in Deutschland gelebt, daher spreche ich die Sprache ganz gut. Später bin ich dann mit meinem deutschen Mann zurück in die Staaten gegangen. Der Künstler Peter Mücklmeier war ein wunderbarer und sehr begabter Maler und ich habe mit Freude diese Ausstellung organisiert. Ich bin sicher, dass das Bild hier aus der Ausstellung der echte Mücklmeier ist. Die Behauptung, das Bild sei eine Fälschung, zweifele ich an. Vielleicht ist alles abgesprochen und die tüchtige Agentin, Frau Wellenbrecher und Mr. Airbrush wollen nur die Versicherungssumme kassieren; dies könnte doch sein, oder? Das Bild kann bei uns nicht vertauscht worden sein. Als es vor gut 3 Wochen angeliefert wurde, war das Siegel unversehrt. Ich habe die Kiste geöffnet und mich kurz vergewissert, dass das richtige Bild angekommen ist. Dann kam das Bild in der Kiste in unseren Tresorraum. Dort habe ich es erst wenige Stunden vor der Eröffnung der Ausstellung durch Miss Willis herausholen lassen. Die Galerie ist gut gesichert und zum Tresor haben nur ich und, nach meiner Anweisung und Erlaubnis, auch Miss Willis, Zugang. Für diese Zwecke bekommt sie dann kurz den Schlüssel. Ansonsten habe ich diesen immer bei mir.
Mehr kann ich nicht dazu sagen.

Ende Vorstellungstext

Geheimtext Jane Murphy

Du bist die zweite Ehefrau von Peter Mücklmeier. Nach seinem Tod hast du damit begonnen, seine Bilder überall aufzukaufen. Da er damals noch recht unbekannt war, hast du die Gemälde sehr günstig bekommen. Durch geschickte Aktionen und Ausstellungen hast du die Preise für seine Werke später in die Höhe getrieben. Jetzt bist du am Ziel deiner Wünsche. Peter Mücklmeier ist in den USA zu einer Berühmtheit geworden und seine Bilder werden hoch gehandelt. Aus seinen Erzählungen wusstest du, dass es noch ein Bild von ihm in Deutschland gibt. Er hatte es seinem Sohn Josef – alias Harm Airbrush – geschenkt. Du hast ihn ausfindig gemacht, um auch dieses Bild in deiner Ausstellung zu präsentieren. Leider will Harm das Bild nicht verkaufen, obwohl du ihm 100.000 Dollar dafür geboten hast.

Als das Bild hier in der Galerie angeliefert wurde, warst du gerade sehr beschäftigt. Leider musst du wohl einräumen, dass du dir das Bild an diesem Tag nicht so gründlich angesehen hast, wie es normalerweise üblich ist. Du bist einfach davon ausgegangen, dass es das echte Bild ist und hast es persönlich in den Tresorraum gebracht.

In den Tresorraum deiner Galerie können nur 2 Personen gelangen, nämlich Miss Willis und du selbst. Miss Willis muss sich dann aber den Schlüssel für den Tresor bei dir holen. Dies hat sie in der letzten Zeit nur einmal getan, als sie den Mücklmeier einige Stunden vor der Eröffnung der Ausstellung holen sollte, um ihn in der Galerie aufzuhängen.

Übrigens ist deine Assistentin, Miss Willis, selbst eine ausgezeichnete Malerin. Sie hat Malerei studiert und ist extrem begabt.
Und auch das ist wichtig: Für die Herstellung einer guten Kopie benötigt man sicher mehrere Tage. Erzähle den anderen davon.

<u>Hier Fragen zum Einstieg, die du den anderen stellen kannst:</u>
- Ist Herr Fischer sicher, dass er das Original aus dem Atelier von Harm Airbrush abgeholt hat? Ist ihm in Harms Wohnung an diesem Tag irgendetwas besonders aufgefallen?

- Warum ist dieser Versicherungsagent, Herr Kleinfeld, zur Ausstellung in New York angereist? Ist er privat hier oder beruflich?

Bestimmt fallen dir noch weitere Fragen ein.

Zum Schluss schreiben alle Mitspieler auf, wen sie für den Täter halten. Erst nach dem Vorlesen dieser Zettel gibt sich der Täter zu erkennen!

Nr. 3 Susanne Wellenbrecher, Kunstagentin
Vorstellungstext

Ich bin Susanne Wellenbrecher, die Agentin von Harm. Ich habe mich wirklich erschrocken, als ich eben bemerkte, dass das Bild gefälscht ist. Man muss sehr genau hinsehen, es ist eine sehr gut gemachte Kopie. Damals in Hamburg habe ich das Bild selbst verpackt. Genau angesehen habe ich es mir an diesem Morgen aber nicht mehr; es war für mich völlig klar, dass das Bild echt ist, denn ich habe es ja direkt von der Wand genommen. Dort hängt es schon, seit ich Harm kenne.

Das war überhaupt ein total turbulenter Morgen. Ich kam gerade aus Österreich zurück, habe dann mal wieder keinen Parkplatz vor Harms Atelier gefunden und musste 10 Minuten zu seiner Wohnung laufen. Außerdem hatte ich noch meine Handtasche im Auto vergessen. Na ja, dies ist alles Schnee von gestern und hat ja auch nichts mit der Fälschung zu tun.

Mrs. Murphy scheint eine Leidenschaft für den leider schon verstorbenen Künstler Peter Mücklmeier zu haben. In Europa kräht kein Hahn nach seinen Bildern. Ich habe recherchiert und so erfahren, dass sie seit Jahren gezielt Mücklmeier-Gemälde aufkauft. Die Preise für die Bilder von diesem Künstler sind seither fast explodiert.

Ende Vorstellungstext

Geheimtext Susanne:

Zur Information, falls du danach gefragt wirst:
In Österreich hast du nur Urlaub gemacht; du kennst die Kunstszene dort nicht. Du hast auch keinen Schlüssel von Harms Wohnung/Atelier. Daher musstest du auch klingeln, als du ihn am Morgen des Abtransportes besucht hast.

Du weißt schon lange, dass Harm der Sohn von Peter Mücklmeier ist. Er besitzt nur dieses eine Bild von seinem Vater und es ist wirklich schlimm, dass das Originalbild nun verschwunden ist. Harm hängt sehr an dem Gemälde.

Miss Heather Willis scheint die Freundin von Herrn Fischer zu sein. Er hat den Transport durchgeführt. Du hast die beiden eben beobachtet und bist ganz sicher, dass sie ein Paar sind.

Ist das für den Fall von Bedeutung? Haben die beiden vielleicht sogar gemeinsame Sache gemacht? Herr Fischer könnte sicher jederzeit neue Siegel auf die Transportbox kleben.

Hier Fragen zum Einstieg, die du den anderen stellen kannst:
- In welcher Beziehung stehen Miss Willis und Thomas Fischer? Geben sie zu, ein Paar zu sein?

- Mrs. Murphy ist sehr an dem Bild interessiert. Hat sie Harm angeboten, dass Bild zu kaufen?

-Wenn ja, wie viel Geld wollte sie dafür zahlen? Laut dem Versicherungsagenten ist es 150.000   Dollar wert. Du bist Harms Agentin; stelle klar, dass alle Verhandlungen immer nur über dich geführt werden.

- Warum hat Harm den Amerikanerinnen nicht von Anfang an gesagt, dass er der Sohn von Peter Mücklmeier ist?
Dies ist doch kein Geheimnis.

Bestimmt fallen dir noch weitere Fragen ein.

Zum Schluss schreiben alle Mitspieler auf, wen sie für den Täter halten. Erst nach dem Vorlesen dieser Zettel gibt sich der Täter zu erkennen!

Nr. 4 Heather Willis, Assistentin von Mrs. Murphy
Vorstellungstext

Ich bin Heather Willis und arbeite seit gut einem Jahr für Mrs. Murphy.

Sie hat sehr viel Einfluss; ihre Leidenschaft für die Kunst von Peter Mücklmeier ist mir allerdings eher unverständlich. Ehrlich gesagt, ich finde seine Bilder bei weitem nicht so gut, wie zum Beispiel die Bilder von Harm Airbrush und ich verstehe etwas davon; ich habe Malerei studiert. Ich finde, Harm Airbrush hat eine eigene Ausstellung, hier in Amerika, mehr wie verdient.

Inzwischen habe ich auch festgestellt, dass das Bild, welches in der Galerie hängt, eine Fälschung ist. Leider habe ich das erst bemerkt, als Susanne es eben aussprach und ich mir das Gemälde daraufhin noch einmal genauer angesehen habe. Wir waren so beschäftigt mit der Vorbereitung der Ausstellung, dass ich vorher wirklich nicht darauf geachtet habe. Es ist aber eine sehr gute Fälschung; der Täter muss etwas davon verstehen und ein guter Maler sein.

Fakt ist, dass das Bild vor Wochen in der Transportbox hier ankam. Mrs. Murphy hat es ausgepackt und für gut befunden. Ich selbst habe es bei der Anlieferung gar nicht gesehen, sonst hätte ich ganz sicher eine Fälschung bemerkt. Danach kam es bis zur Ausstellung in den Tresorraum. Seinerzeit, bei dem Termin im Atelier in Deutschland, hatten wir auf jeden Fall das Originalbild von Mücklmeier in den Händen.

Ende Vorstellungstext

Geheimtext Miss Willis

Du selbst bist eine hochbegabte Malerin und könntest mühelos ein Bild fälschen. Allerdings benötigt man für eine gute Kopie das Originalbild als Vorlage; eine Fotografie reicht bei weitem nicht aus. Außerdem kann man so eine Fälschung nicht auf die Schnelle erstellen. Du schätzt, dass der Fälscher in diesem Fall mindestens 3 bis 4 Tage benötigt hat.

Du bist seit 2 Monaten die Freundin von Thomas Fischer. Wenn dies heraus kommt, werdet ihr beide sicher unter Verdacht geraten, denn Thomas hat ja den Transport organisiert. Daher müsst ihr alles daran setzen, den Täter zu finden.

Du hast einen Schlüssel für die Galerie. In den Tresorraum kannst du aber nur gelangen, wenn Mrs. Murphy dir den Schlüssel dafür aushändigt. Diesen trägt sie immer bei sich.

Wenn das Bild tatsächlich hier ausgetauscht wurde, kommt nur Mrs. Murphy als Täterin in Frage. Erzähle den anderen davon.

Du weißt, dass Mrs. Murphy am Tag der Anlieferung ziemlich unter Stress stand. Hat Sie das Bild damals auf Echtheit geprüft oder nur einen flüchtigen Blick darauf geworfen?

Hier Fragen zum Einstieg, die du den anderen stellen kannst:
- Wer bekommt das Geld von der Versicherung, wenn sich die Fälschung bestätigt?

-Was hat Susanne Wellenbrecher in Österreich gemacht? Hat sie dort Kontakte zu Künstlern?

- Frage Mrs. Murphy, ob sie das Bild am Tag der Anlieferung auf Echtheit geprüft hat.

Bestimmt fallen dir noch weitere Fragen ein.

Zum Schluss schreiben alle Mitspieler auf, wen sie für den Täter halten. Erst nach dem Vorlesen dieser Zettel gibt sich der Täter zu erkennen!

Nr. 5 Thomas Fischer, Transportunternehmer
Vorstellungstext

Ich bin Thomas Fischer und betreibe seit vielen Jahren eine Firma für Spezialtransporte. Wir haben einen guten Namen in der Branche und ich möchte darauf hinweisen, dass alles korrekt ablief. Das Bild, welches ich im Atelier in Hamburg übernommen, neu verpackt und versiegelt habe, ist zwei Tage später original so hier in New York von mir selbst übergeben worden. Die Siegel waren unversehrt.

Solche Transporte sind Chefsache; da lasse ich keine Mitarbeiter ran. Das Bild war keinen Moment unbeaufsichtigt, dafür lege ich meine Hand ins Feuer. Für die Echtheit des Bildes kann ich natürlich nicht garantieren; ich bin ja schließlich kein Kunstexperte und muss die Echtheit bei der Übernahme auch gar nicht überprüfen. Ich hatte allerdings eine genaue Beschreibung und ein Foto dabei und konnte so feststellen, dass es das Bild „Der Ursprung" war.

Der Besitzer, Herr Airbrush, war damals ja ebenfalls in der Wohnung; er hat mit seiner Unterschrift bestätigt, dass es das Originalbild ist und er muss es ja nun wirklich wissen. Bei uns ist alles ordnungsgemäß verlaufen. Wenn das Bild eine Fälschung ist, habe ich entweder bereits eine Fälschung transportiert oder das Gemälde wurde hier, in der Galerie ausgetauscht.

Ende Vorstellungstext

Geheimtext Thomas Fischer

Du bist seit ein paar Wochen der Freund von Heather Willis. Heather ist eine sehr gute Malerin; auch sie könnte eine Kopie des Gemäldes hergestellt haben.

Du glaubst aber an Heathers Unschuld. Sie ist ein grundehrlicher Mensch und du traust ihr eine solche Tat nicht zu.

Du kannst nicht sicher sagen, ob es sich beim Verpacken in Hamburg wirklich um das Original gehandelt hat. Möglich ist also auch, dass bereits in der Wohnung eine Fälschung verpackt wurde.

Dies kannst du den anderen auch so sagen!

<u>Hier Fragen zum Einstieg, die du den anderen stellen kannst:</u>
- Was braucht man als Vorlage, um so ein Kunstwerk zu fälschen? Reicht eine Fotografie? Und wie lange wird man ungefähr für eine solche Fälschung benötigen?

- Wer hat noch einen Schlüssel zu Harms Wohnung? Hat Susanne Zutritt zu seinen Räumen, wenn er mal nicht da ist?

- Wusste Susanne Wellenbrecher schon länger, was der Mücklmeier in Harms Wohnung wert ist oder hat sie dies ebenfalls erst durch das Interesse von Mrs. Murphy erfahren?

Bestimmt fallen dir noch weitere Fragen ein.

Zum Schluss schreiben alle Mitspieler auf, wen sie für den Täter halten. Erst nach dem Vorlesen dieser Zettel gibt sich der Täter zu erkennen!

Nr. 6 Sebastian Kleinfeld
Vorstellungstext

Ich bin Sebastian Kleinfeld und vertrete die „Rundumsorglos-Versicherung". Wir haben das Bild „Der Ursprung" mit 150.000 Dollar versichert. Diese Summe wurde uns von Mrs. Murphy angegeben. Wir haben dies natürlich überprüft; die Summe ist tatsächlich auf dem US-Markt erzielbar.

Wenn es sich bei dem Bild in der Galerie wirklich um eine Fälschung handelt und das Original verschwunden bleibt, werden wir vermutlich zahlen müssen. Allerdings sind vorher noch einige Dinge zu prüfen.

Als ich Harm Airbrush in seiner Hamburger Wohnung aufgesucht habe, war diesem überhaupt nicht klar, was das Gemälde wert ist. Ich habe ihn aufgeklärt und er schien total überrascht zu sein. Das hat mich sehr gewundert. Auch die Sicherheitsvorkehrungen hier in der Galerie werden von uns noch genau überprüft werden.

Die Transportfirma von Herrn Fischer genießt das Vertrauen unserer Versicherung; wir haben schon häufig mit diesem Unternehmen gearbeitet und es gab niemals Anlass zur Beschwerde.

Ende Vorstellungstext

Geheimtext Sebastian Kleinfeld

Deine Versicherung beobachtet Mrs. Murphy schon einige Zeit. Sie treibt die Preise für manche Bilder durch geschickte An- und Verkäufe künstlich in die Höhe. Du bist in New York, weil deine Versicherung Mrs. Murphy einmal intensiv auf den Zahn fühlen wollte. Dieser Harm Airbrush ist ein merkwürdiger Mann. Du hast selten einen Künstler erlebt, der nicht wusste, was ein Bild wert ist, welches in seinem Schlafzimmer hängt. Ist das wirklich so, oder hat er dich an der Nase herumgeführt? Wenn das Bild verschwunden bleibt und der Fall nicht aufgeklärt werden kann, wird deine Versicherung die Summe von 150.000 Dollar an Harm Airbrush zahlen müssen. Vorher wird aber alles genau überprüft.

Hier Fragen zum Einstieg, die du den anderen stellen kannst:
- Frage an Herrn Harm Airbrush: Kann das Bild bereits in seiner Wohnung vertauscht worden sein?

-Wurde vor dem Transport vielleicht in seiner Wohnung eingebrochen?

- Hat eine weitere Person einen Schlüssel zu seiner Wohnung?

- Wer wusste aus seinem Bekannten- und Freundeskreis, dass er einen „Mücklmeier" ungesichert über dem Bett hängen hat?

Bestimmt fallen dir noch weitere Fragen ein.

Zum Schluss schreiben alle Mitspieler auf, wen sie für den Täter halten. Erst nach dem Vorlesen dieser Zettel gibt sich der Täter zu erkennen!

Gastrolle:
Unabhängiger Beobachter
(bitte immer zuletzt in der Runde vorlesen)

Vorstellungstext

Ich nehme als neutraler und unabhängiger Beobachter an dieser Ermittlungsrunde teil.
Dies ist insofern von Vorteil, als dass ich sehr genau hinhören und aufpassen kann, denn ich bin nicht so befangen wie alle anderen am Tisch.
Der Täter kann sich also darauf gefasst machen, dass ich die Person bin, vor der er sich am meisten in Acht nehmen muss.
Ich werde sehr genau darauf achten, was die einzelnen Personen aussagen und bin sicher, dass ich dem Dieb auf die Spur kommen werde.

Ende Vorstellungstext

Geheimtext Unabhängiger Beobachter

Was du als unabhängiger Beobachter sonst noch weißt:
Auf den ersten Blick kommt es dir vielleicht etwas langweilig vor, keine eigene Rolle zu haben.
Das ist aber auf keinen Fall so, denn du hast als einziger am Tisch den Kopf frei und musst dich nicht mit eigenen Motiven und dergleichen beschäftigen.
Einige der Personen, die hier am Tisch sitzen, haben ein kleines oder größeres Geheimnis - und diese Geheimnisse gilt es, herauszufinden.
Oft gehen gute Ermittlungsansätze im Gespräch unter, weil neue Vorwürfe laut werden und das vorher gesprochene in Vergessenheit gerät.
Höre genau hin und versuche, jeder einzelnen Aussage auf den Grund zu gehen.
Mach dir Notizen, wenn du etwas wichtig erachtest.

Zum Schluss schreiben alle Mitspieler auf, wen sie für den Täter halten. Erst nach dem Vorlesen dieser Zettel gibt sich der Täter zu erkennen!

Auflösung:

Dieser Fall ist ziemlich kniffelig. Das Bild wurde entweder bereits in Deutschland, also im Atelier ausgetauscht, auf dem Transport oder in der Galerie in Amerika.
Schauen wir uns also alle Beteiligten genau an:

Wenn das Bild bereits in Deutschland ausgetauscht wurde sind verdächtig:

Harm Airbrush, der Besitzer des Bildes oder
Susanne Wellenbrecher, die das Gemälde ja von der Wand nahm und verpackte.
Ein unbekannter Einbrecher, der vielleicht im Auftrag des Versicherungsagenten, Herrn Kleinfeld, handelte? Auch dies wäre denkbar.

Wenn das Bild in den USA ausgetauscht wurde sind verdächtig:
Mrs. Murphy, die Galeristin
Jane Willis, ihre Assistentin.

Wenn das Bild auf dem Transport vertauscht wurde, kommt nur Thomas Fischer, der Chef der Sicherheitsfirma in Frage. Er hat das Bild nach eigenen Worten ja keinen Moment aus den Augen gelassen.

Schauen wir zunächst auf Mrs. Murphy:
Warum sollte sie das Bild stehlen? Die ganze Angelegenheit schadet dem   Ruf ihrer Galerie, daran kann sie nicht interessiert sein. Außerdem: Sie könnte das Bild niemals verkaufen; es ist ja Diebesgut und von den Verkäufen der Bilder lebt sie ja. Ein Diebstahl macht daher keinen Sinn. Die Versicherungssumme würde sie ebenfalls nicht bekommen; diese geht an den Besitzer des Bildes, Harm Airbrush.
Nein, Mrs. Murphy hat kein Motiv. Das einzige, was man ihr vorwerfen kann ist, dass sie das Bild bei der Anlieferung nicht

wirklich auf die Echtheit überprüft hat, weil sie an diesem Tag total im Stress war. Außerdem hat sie Harm ein viel zu niedriges Kaufangebot unterbreitet. Der Mücklmeier würde in den USA ca. 150.000 Dollar einbringen; sie hat Harm nur 100.000 US-Dollar geboten. Aber das ist natürlich nicht strafbar und Harm hat das Angebot ohnehin abgelehnt

Und Heather Willis?
Miss Willis hat Malerei studiert und ist selbst eine sehr gute Künstlerin. Sie könnte eine Kopie erstellen, wenn ihr das Originalbild als Vorlage dient. Sie hatte aber keine Gelegenheit, eine Kopie herzustellen. Das Bild lag ja seit der Anlieferung im Tresorraum und den Schlüssel dazu hat sie erst Stunden vor der Ausstellungseröffnung von Mrs. Murphy bekommen.
Die Zeit war viel zu kurz, um eine so gute Kopie zu erstellen.
Außerdem riskiert sie durch so eine Aktion nicht nur ihre eigene Karriere, sondern auch die ihres Freundes Thomas Fischer, der mit dem Transport des Gemäldes beauftragt war. Nein, Heather Willis würde sicher nicht ihre Zukunft aufs Spiel setzen für ein, nach dem Diebstahl, unverkäufliches Bild. Und noch etwas darf nicht übersehen werden: 150.000 US-Dollar sind zwar viel Geld, aber in der Kunstwelt werden Bilder zu wesentlich höheren Beträgen verkauft und gehandelt. Es ist tatsächlich eine vergleichsweise geringe Summe und dafür würde eine Miss Willis sicher niemals Karriere und Freiheit riskieren.

Wir müssen also annehmen, dass das Bild entweder auf dem Transport oder bereits in Deutschland vertauscht wurde.

Schauen wir auf den Mann, der das Bild transportiert hat:
Thomas Fischer hat das Bild in Deutschland entgegen genommen, verpackt und die Siegel aufgeklebt. Zwei Tage später hat er das Bild dann in der Galerie in Amerika an Mrs. Murphy persönlich übergeben. Wann hätte er eine Kopie erstellen lassen sollen? Wir wissen ja inzwischen, dass man für

eine so gute Kopie das Originalbild als Vorlage benötigt und ein Foto nicht wirklich ausreicht. Außerdem haben wir erfahren, dass man für die Erstellung einer guten Kopie mehrere Tage benötigt. Diese Zeit war während des Transportes einfach nicht gegeben. Außerdem gilt bei Thomas Fischer ebenfalls: Er hat ein erfolgreiches Unternehmen und führt es ordentlich. Sogar die Versicherung hat ihm das Vertrauen ausgesprochen. Warum sollte er für eine vergleichsweise geringe Summe von 150.000 US-Dollar alles riskieren und aufs Spiel setzen? Das klingt nicht wirklich logisch, oder?

Herr Kleinfeld von der Versicherung wusste, dass das Bild bei Harm im Schlafzimmer hängt und dass es ungesichert war. Natürlich hätte er einen Einbruch begehen und das Bild stehlen können. Es gibt aber keinerlei Anzeichen für eine solche Tat in Harms Wohnung. Außerdem hätte ein Einbrecher ja auch gleichzeitig die Kopie an die Wand hängen müssen. Diese Kopie hätte im Vorfeld erstellt werden müssen und für eine gute Kopie benötigt man Zeit und möglichst eben auch das Original-Bild als Vorlage. Nein, Herr Kleinfeld oder ein Einbrecher kommen ebenfalls nicht als Täter in Frage.

Schauen wir auf Susanne Wellenbrecher, die nun eine der Hauptverdächtigen ist:
Susanne hat das Bild ja so spontan von der Wand genommen und verpackt, als Harm kurz im Bad war.
Allerdings:
Susanne war in Österreich, als sich der Kontakt mit der Galerie anbahnte und sie kam gerade aus dem Urlaub zurück, als das Bild kurz darauf abgeholt werden sollte. Wie und wann hätte sie eine Kopie erstellen lassen sollen? Außerdem:
Wir wissen aus der Vorlesegeschichte, dass das vertauschte Bild 60x80 cm groß ist und sich auf einem Holzrahmen befand. Man kann es also nicht einfach zusammenrollen und in die Tasche stecken.

Erinnert ihr euch, dass Susanne an dem Morgen ihre Tasche im Auto vergessen hatte? Sie kam nur mit einer Brötchentüte in die Wohnung. Wie also hätte sie die Kopie in die Wohnung schmuggeln sollen? Und wie hätte sie das Originalbild unbemerkt aus der Wohnung bringen sollen?

Ah ... ihr denkt, sie könnte die Kopie im Auto gehabt und den Austausch vorgenommen haben, als Harm kurz im Bad war. Leider liegt ihr auch hier falsch, denn Susanne hatte an diesem Tag keinen Parkplatz vor dem Haus gefunden. Sie musste 10 Minuten zum Wagen laufen. 10 Minuten hin und 10 Minuten zurück sind 20 Minuten. So lange hat Harm sicher nicht die Zähne geputzt.

Nein, wir können es drehen und wenden, wie wir wollen. Susanne scheidet als Täterin ebenfalls aus.

Bleibt Harm selbst! Und das ist geschehen:

Harm war bis vor kurzem gar nicht bewusst, dass das Bild einen so hohen Wert hat. Nachdem Herr Kleinfeld von der Versicherung in seiner Wohnung war und ihm erklärt hat, dass man in den USA gut und gerne 150.000 US-Dollar für einen Mücklmeier bietet, war er völlig erstaunt. Er beschloss, aus Sicherheitsgründen künftig eine Kopie über das Bett zu hängen und das Original nach der Rückkehr aus den USA in einem Banksafe aufzubewahren. Also stellte er selbst eine Kopie her und hing diese schon einmal über das Bett. Natürlich wollte er aber das Original als Leihgabe nach New York versenden. Er hatte das Bild für den Versand schon in Papier eingeschlagen und an anderer Stelle im Atelier bereitgestellt.

Dann kam an diesem Morgen seine Agentin Susanne und packte, als er im Bad war, ganz selbstverständlich die Kopie aus dem Schlafzimmer ein.

Susanne hat den Unterschied, obwohl sie viel von Kunst versteht, nicht bemerkt. Erst in diesem Moment kam ihm der Gedanke, einfach die Kopie nach New York zu schicken.

Er hat nicht damit gerechnet, dass es überhaupt auffällt, dass das Bild eine Fälschung ist, denn die Kopie ist ihm ausgezeichnet gelungen. Nach den 6 Monaten Leihzeit hätte er die Kopie zurückerhalten und wieder über das Bett gehangen.

Leider hat Susanne die Fälschung dann aber entdeckt und auch direkt im Beisein von Miss Willis angesprochen. Natürlich hätte Harm gleich in diesem Moment alles zugeben müssen, aber er hatte Bedenken, dass Jane Murphy in der Folge ziemlich sauer auf ihn sein würde. Schließlich hat sie ihm einen Kontaktmann für eine eigene Ausstellung in Amerika angekündigt. Diese Verabredung wollte er nicht riskieren, daher hat er zu all dem geschwiegen. So nahmen die Dinge ihren Lauf.

Das Originalbild liegt inzwischen in Hamburg in einem Tresor.

-ENDE-

Autorenportrait

Cornelia H.-Müller ist seit 2006 als Autorin
tätig. Ihr Genre sind Mitspielkrimis,
Kinderspielgeschichten und Theaterstücke.

Autorenkontakt über
glashauskrimi@glashauskrimi.de

Besuchen Sie Cornelia H.-Müller auf ihrer Homepage:

www.glashauskrimi.de

Weitere Bücher von Cornelia H.-Müller, erschienen im Edition Paashaas Verlag:

*Die Bücher der **Krimiparty** befassen sich anders als die **Krimiparty Kids** mit Mord – daher werden sie nicht ausdrücklich als Bücher für Kinder und Jugendliche ausgewiesen, obwohl auch sie für Personen ab 12 Jahren geeignet sind.*

Krimiparty:
5 neue Fälle für Ihre Ermittlungen zu Hause
2. Ausgabe, 2015
Paperback, 188 Seiten
ISBN: 978-3-9813928-8-3, Preis: 13,95 €

Entdecken Sie Ihren kriminalistischen Spürsinn!
Mithilfe dieses Buches können Sie zu Hause gemeinsam mit Ihren Familienmitgliedern und Gästen auf Tätersuche gehen. Sie ermitteln und befragen, Sie bewerten Tatsachen und Aussagen und Sie finden schließlich heraus, wer der Täter oder die Täterin ist.

Diese Krimis finden Sie in dem Buch:

Irrtum oder Absicht? - Für 5-7 Spieler
Mord in bester Gesellschaft - Für 6 Spieler
Muttertag - Für 8-10 Spieler
Mann über Bord - Für 7-10 Spieler
Feine Verhältnisse! - Für 7-10 Spieler

Altersempfehlung: 12 bis 99 Jahre

Krimiparty Sonderausgabe 1:
Plötzlich und erwartet

Ein Fall mit Kommissarin Henriette
Kragenberg

Cornelia H.-Müller
1. Ausgabe, September 2012
Paperback, 72 Seiten,
ISBN: 978-3-942614-25-2, Preis: 7,95 €

Cornelia H.-Müller präsentiert einen weiteren Fall aus der beliebten Mitspiel-Krimi-Reihe Krimiparty:

Karl-Friedrich von Staffelberg, ein wohlhabender Gewürzfabrikant, lädt seine Familie und einige Freunde zu einem feierlichen Weihnachtsessen ein. Zum ersten Mal ist in diesem Jahr auch Karl-Friedrichs frischangetraute dritte Ehefrau, die junge und schöne Jaqueline, dabei.
Dies wäre kaum erwähnenswert, stünden nicht auch die beiden Ex-Ehefrauen des Fabrikanten, Irene und Monika, auf der Gästeliste. Zu alledem sieht sich der Gastgeber am Weihnachtsabend mit wirklich ärgerlichen Indiskretionen konfrontiert! Dennoch endet das Fest ganz harmonisch, doch am nächsten Morgen gibt es einen Toten in der Villa zu beklagen...

Helfen Sie mit, diesen mysteriösen Todesfall aufzuklären!

Mitspieler: 7 bis 10 Personen
Altersempfehlung: 12 bis 99 Jahre

Krimiparty Sonderausgabe 2: Workshop mit Todesfolge

Ein Krimi aus dem Allgäu.

Cornelia H.-Müller
1. Ausgabe, Januar 2013
Paperback, 72 Seiten,
ISBN: 978-3-942614-39-9, Preis: 7,95 €

Cornelia H.-Müller präsentiert einen weiteren Fall aus der beliebten Mitspiel-Krimi-Reihe "Krimiparty":

Toni Burger führt gemeinsam mit seiner Frau Zenzia einen einsam gelegenen Sennerhof inmitten des wunderschönen Allgäus. An einem Wochenende trifft sich dort oben auf 1800 m eine recht gemischte Reisegruppe, um mit einem Fasten- und Meditationsprogramm dem Alltag, zumindest für kurze Zeit, zu entfliehen.
Ganz so friedlich wie die Wollschweine, die der Toni züchtet, ist die Gegend allerdings nicht, denn schon am zweiten Tag gibt es einen Toten zu beklagen.

Warum dieser sterben musste, was ein Wollschwein-Workshop unter Männern damit zu tun hat und warum ein Sylter Strandkorb auf einem Sennerhof im Allgäu steht... dies herauszufinden, wird Ihre Aufgabe sein.

Mitspieler: 7 bis 10 Personen
Altersempfehlung: 12 bis 99 Jahre

Krimiparty Sonderausgabe 3:
Die Rache

A Thriller - für Ladies only.

Cornelia H.-Müller
ISBN: 978-3-942614-41-2
72 Seiten, Paperback,
Format 13,5 x 21,5 cm
Preis: 7,95 €
Neuerscheinung März 2013

Die Rache ist süß... und manchmal zartbitter!

8 Frauen treffen sich an einem Wochenende im November in dem einsam gelegenen Landhaus der schwerreichen Camilla von Strelitz. Dort, in den Highlands nahe Iverness, sorgen ein Stromausfall, ein durchgebrannter Gaul und ein Todesfall für reichlich Abwechslung. Ermitteln Sie mit, wenn wir versuchen, etwas Licht in diesen nebulösen Fall zu bringen.

Mitspieler: 7 bis 10 Personen
Altersempfehlung: 12 bis 99 Jahre

Krimiparty Sonderausgabe 4:
MorgenGrauen

Ein Mitspielkrimi aus Bayern

Cornelia H.-Müller
ISBN: 978-3-942614-58-0,
Paperback, 68 Seiten,
Format: 13,5 x 21,5 cm
Preis: 7,95 €
Neuerscheinung November 2013

Lokalzeitung Wulfrathhausen:
Der Brauereibesitzer Konrad Weiblinger wurde bei einem Jagdunfall im Wulfrathshausener Forst tödlich verletzt.
Nähere Umstände zu dem tragischen Unglück sind bislang nicht bekannt. Der Unternehmer war weit über die Grenzen Bayerns hinaus bekannt und geschätzt. Besonders tragisch ist, dass Konrad Weiblinger am kommenden Montag die Münchner Immobilienhändlerin Susanne Schwammberger heiraten wollte...

Mitspieler: 7 bis 10 Personen
Altersempfehlung: 12 bis 99 Jahre

Krimiparty Sonderausgabe 5: Spargelsilvester

Ein ländlicher Krimi nicht nur zur
Spargelzeit!

Cornelia H.-Müller
ISBN: 978-3-942614-71-9,
Paperback, 68 Seiten,
Format: 13,5 x 21,5 cm
Preis: 7,95 €

Harry Petterson, Spargelbauer und Besitzer von Gut
Landswede in Schleswig-Holstein, hat großen Grund zur Sorge.
Ein hässlicher Erbstreit trübt die Stimmung in der Familie
ebenso, wie das außergewöhnliche Geschenk, welches Hetty
dem gemeinsamen Sohn Heiko ohne jede Absprache zum 22.
Geburtstag gemacht hat.

Und Tochter Syke? Sie treibt sich neuerdings auffällig oft im
Heu herum und zickt mit ihrer aus Amerika angereisten Kusine
Jaba um die Wette.
Als das für die Landarbeiter, Freunde und Nachbarn
ausgerichtete Spargelfest zum Saisonende für einen der
Bewohner des Hofes tödlich endet, beginnt der Alptraum für
Harry und die Seinen allerdings erst so richtig!

*Und als besonderes Highlight gibt es passend zum Krimi noch ein
Spargelrezept von Sternekoch Sascha Stemberg!*

Mitspieler: 7 bis 10 Personen
Altersempfehlung: 12 bis 99 Jahre

Krimiparty Sonderausgabe 6:
Inkognito
- ein Hotelkrimi
Cornelia H.-Müller
ISBN: 978-3-945725-12-2
Paperback, 76 Seiten, Format 13,5 x 21,5 cm
Preis: 7,95 €
Neuerscheinung Februar 2015

Spitzenkoch Jaques Pampelmues steht vor seinem größten Triumph; nachdem sein Kochbuch „Jaques á la Carte" seit Wochen auf den Bestsellerlisten steht, plant der Fernsehproduzent Frank Bachhausen jetzt eine eigene Kochshow im TV mit ihm. Man sollte annehmen, dies seien wunderbare Nachrichten für Jaques und seine tüchtige Frau Wanda, aber warum zickt Letztere plötzlich so herum? Und warum checkt die Schauspielerin Vanessa Steenhagen unter falschem Namen im Hotel Pampelmues ein?
Eine Leiche in Zimmer 223, ein Feueralarm und zwei vertauschte Koffer führen zu weiterer Verwirrung in diesem undurchsichtigen Fall.

Mitspieler: 7 bis 11 Personen
Altersempfehlung: 12 bis 99 Jahre

Alle Bücher sind unter: www.verlag-epv.de zu bestellen oder auch überall im Buchhandel erhältlich.

Dort gibt es auch weitere Informationen zur Autorin und Leseproben.